KB035857

외계인 유학생 아스트리드

SEOUL, 2008

케이트, 샬롯, 프레디에게

외계인 유학생 아스트리드

초판 제1쇄 발행일 2008년 4월 3일
초판 제41쇄 발행일 2022년 3월 20일
글 에밀리 스미스 그림 팀 아치볼드 옮김 김영선
발행인 박헌용, 윤호권 발행처 (주)시공사
주소 서울시 성동구 상원1길 22, 6-8층 (우편번호 04779)
대표전화 02-3486-6877 팩스(주문) 02-585-1247
홈페이지 www.sigongsa.com/www.sigongjunior.com

ISBN 978-89-527-8628-9 74840
ISBN 978-89-527-5579-7 (세트)

*시공사는 시공간을 넘는 무한한 콘텐츠 세상을 만듭니다.
*시공사는 더 나은 내일을 함께 만들 여러분의 소중한 의견을 기다립니다.
*잘못 만들어진 책은 구입하신 곳에서 바꾸어 드립니다.

KC마크는 이 제품이 공통안전기준에 적합하였음을 의미합니다.
제조국 : 대한민국 사용 연령 : 8세 이상
책장에 손이 베이지 않게, 모서리에 다치지 않게 주의하세요.

외계인 유학생 아스트리드

에밀리 스미스 글 | 팀 아치볼드 그림 | 김영선 옮김

시공주니어

연구실에서

아스트리드가 문을 열고 연구실로 들어왔다.

젠 교수는 콘솔(컴퓨터나 전기, 통신 기기 등의 스위치를 한곳에 모아 놓은 조정용 장치 : 옮긴이)에서 고개를 돌리며 말했다.

"아, 아스트리드! 연구 프로젝트는 가져왔지?"

아스트리드가 고개를 끄덕이자, 젠 교수는 아스트리드를 뚫

어지게 바라보며 말했다.

"좋아, 네가 어떤 결정을 내렸는지 말해 보렴!"

아스트리드는 숨을 한 번 크게 내쉬고는 말했다.

"저는 지구에 관한 프로젝트인 492번을 할 계획입니다."

"흠."

젠 교수는 설사 놀랐다 하더라도 겉으로 드러낼 사람이 아니었다. 교수는 콘솔 쪽으로 의자를 휙

돌려 자판에 글자 몇 개를 타닥타닥 쳤다.

"여기 있구나, 프로젝트 492번."

젠 교수가 화면을 보면서 말했다.

"어린 인간들에 초점을 맞춘, 지구의 평범한 가족의 가정생활에 대한 연구."

교수는 의자에 등을 기대고는 아스트리드를 빤히 바라보았다. 그러고는 심각한 표정을 지었다.

젠 교수가 느릿느릿 말했다.

"가족 연구는, 큰 프로젝트야. 바닷물 표본이나 식물 형태에 대한 연구와는…… 아주 다르지."

아스트리드는 고개를 끄덕였다.

"네, 저도 알아요."

"한 가정에 직접 들어가서 연구하는 게 사실 가장 좋을 거야. 함께 살면 더욱 좋고."

아스트리드가 생긋 웃으며 말했다.

"저도 같은 생각이에요. 그래서 가장 좋은 그 방

법을 택하기로 했어요."

젠 교수는 눈썹을 치켜세우고는 아스트리드를 뚫어져라 쳐다보았다.

"그래, 어떻게 하겠다는 거지?"

"저는 어, 어, '입주 유학생'으로 갈 생각이에요."

젠 교수의 표정이 싹 변했다. 그런 표정은 아스트리드도 처음이었다.

깜짝 놀라 완전히 넋이 나간 표정이었다.

"입, 뭐라고?"

1

"입, 뭐라고요?"

500광년 떨어진 런던의 서쪽 지역, 어느 지저분한 부엌에서 해리 헨더슨이 자기 엄마를 말똥말똥 쳐다보며 물었다.

엄마가 말했다.

"입주 유학생."

해리가 소리쳤다.

"치, 난 싫어요! 마음에 안 들어요!"

해리는 얼굴을 찡그렸다.

"그런데 입주 유학생이 뭐예요?"

엄마가 설명해 주었다.

"다른 나라 가정에 들어가 살면서 공부하는 외국 학생을 말해."

"그러면 우리랑 사는 거예요?"

"응."

"우리 집에서요?"

"응."

"여기에서요?"

"응."

해리는 잠시 말문이 막혔다.

"뭣 때문에요?"

"뭐, 이런 식으로 되는 거야."

엄마가 삶은 달걀을 담을 조그만 컵을 꺼내면서 말했다.

"입주 유학생은 돈을 조금 벌면서 우리말을 배우

는 거야. 그 대신에 집안일을 돕는 거지. 너하고 프레드도 돌보고."

엄마가 서둘러 말을 덧붙였다.

"당연히 주로 프레드를 돌보겠지!"

"페드!"

프레드가 자기 이름을 듣고는 기분이 좋아 소리쳤다. 프레드는 낑낑대며 어릿광대 인형의 머리를 플라스틱 찻주전자에 쑤셔 넣고 있었다.

"우리 집에 빈방이 하나 있잖아. 그리고 나는 잠깐씩 나가서 일할 수도 있고."

엄마 말을 듣고 해리는 얼굴을 찌푸렸다.

엄마는 이미 마음을 굳힌 듯했다.

해리가 풀이 죽은 목소리로 말했다.

"하지만 우리 학교 아이들 가운데 입주 유학생과 사는 애는 하나도 없어요."

해리는 자신이 다른 사람들과 다르게 되는 것을 무척 싫어했다. 만약 학교 깡패인 로드 비버가 이 사실을 알게 되면 어떻게 될까? 로드는 어떤 애한테서 다른 애들이랑 다른 점을 발견하면 아주 좋아 한다.

'로드가 우리 집에 입주 유학생이 있다고 떠들고 다니면 어쩌지?'

그런 생각이 들자 해리는 몸이 부르르 떨렸다.

엄마가 말했다.

"네가 잘못 알고 있는 거야. 입주 유학생을 둔 집이 있어!"

해리가 엄마를 빤히 쳐다보며 물었다.

"누군데요?"

"조시 펠프스."

"그것 참 잘됐네요!"

해리가 눈을 크게 뜨고는 덧붙여 말했다.

"조시 펠프스라! 흠, 그럼 아무 문제가…… 있네요!"

엄마는 계란과 토스트를 식탁에 놓았다.

"어서 먹어라, 애들아!"

해리는 느릿느릿 식탁으로 걸어갔다.

"다른 사람이 우리 집에 와서 함께 살면 기분이 이상할 것 같아요. 더구나 외국 사람이라면……."

해리는 계란을 내려다보았다.

"어떤 사람이 올까요?"

엄마는 잠시 생각하는 듯한 표정을 짓더니 이렇게 말했다.

"어느 나라 사람이든 난 상관없어. 그냥 상식이 있는 사람이면 좋겠어."

엄마는 숟가락으로 달걀 윗부분을 깨뜨리고는 이어 말했다.

"내가 바라는 건 그거야. 외계인처럼 별나지 않고 그냥 착한 사람이면 되지, 뭐."

2

해리는 쉬는 시간에 조시 펠프스에게 말을 걸었다. 일부러 로드 비버가 덩치 작은 아이를 골라서(그런 아이들은 아주 많았다) 집적거리는 때를 택했다.

"조시?"

"으으으음?"

조시는 뭔가를 씹어 먹고 있었다.

"우리 엄마가 그러는데, 너희 집에 입주 유학생이 있다며?"

조시가 오물오물 입을 놀리며 고개를 끄덕였다.

"으으으음."

"그래, 어때? 그 입주 유학생은 어떤 사람이야?"

조시는 뭔가를 꿀꺽 삼키고 잠시 생각에 잠겼다.

"어, 그 언니는 이것저것 잘게 썰고 건포도를 넣

어서 샐러드를 만들어. 그런데 맛이 아주 이상해."

해리는 잠시 기다려 보았지만, 조시는 다른 말은 하지 않았다.

해리는 다그쳐 보았다.

"그리고?"

"자기 나라에서 멋진 물건들을 가져왔어. 초콜릿이랑 뭐 그런 것."

해리가 목소리를 높여 말했다.

"다 먹는 얘기잖아. 먹는 것 말고 다른 얘기도 좀 해 봐. 그 누나 어때?"

조시는 어깨를 한 번 으쓱하고는 대답했다.

"괜찮아."

해리는 결국 포기하고 친구인 루크와 오즈가 있는 쪽으로 갔다.

"무슨 얘기 했냐?"

루크가 묻자, 해리가 짧게 대답했다.

"입주 유학생."

오즈가 다시 물었다.

"무슨 학생?"

"입주 유학생."

이번에는 루크가 되물었다.

"어디 유학생?"

해리는 한숨을 내쉬었다.

"너희는 입주 유학생이 뭔지 모르니?"

"몰라."

"나도 몰라."

루크와 오즈가 차례로 대답했다.

잠시 침묵이 흘렀다.

루크가 다시 물었다.

"그러니까 '일주 유학생'이 뭐냐고?"

해리는 다시 한숨을 내쉬었다.

"미안하다. 이제 그 얘기는 그만 하자."

엄마는 부엌에 있는 시계를 보았다.

"엘레나라는 사람이 금방 올 거야. 십 분 안으로."

프레드가 소리쳤다.

"십, 사, 오, 삼, 구!"

"입주 유학생이 온다고요?"

해리가 묻자, 엄마가 고개를 끄덕였다.

해리는 '정말로 오네.' 하고 생각했다.

엘레나는 정확히 제시간에 왔다.

초인종이 울리자 엄마가 말했다.

"정확히 제시간에 오다니 좋은 징조야!"

엄마는 해리를 보며 말했다.

"해리, 네가 나가 봐라!"

"알았어요."

해리는 가서 현관문을 열었다.

문 앞에 아가씨 한 명이 서 있었다. 온통 분홍색인 아가씨가. 얼굴도 분홍색, 보풀보풀한 스웨터도 분홍색, 몸에 꼭 끼는 바지도 분홍색.

엘레나가 큰 소리로 말했다.

"안녕, 안녕? 나는 엘레나야. 입주 유학생이 되려고 왔어!"

"어…… 들어오세요."

해리는 엘레나를 부엌으로 데려갔다.

엘레나가 큰 소리로 말했다.

"안녕하세요, 저는 엘레나예요!"

엄마가 조그만 목소리로 말했다.

"안녕?"

프레드가 까불거리며 말했다.

"분농(분홍), 분농, 분농!"

엘레나는 고개를 돌려 프레드를 바라보았다.

"얘가 프레드인가 보네요!"

엘레나는 눈살을 찌푸렸다.

"얘는 아주…… 뭐라고 말하더라? ……꼬질꼬질하네요!"

"그래요, 어…… 조금 그래요."

엄마가 덧붙여 말했다.

"보면 알겠지만, 공원에 놀러 갔다가 방금 돌아왔거든요."

엘레나가 물었다.

"공원이오?"

"그래요. 얘는 공원에 가는 걸 아주 좋아해요."

엘레나는 고개를 절레절레 저었다.

"아, 여기 공원들은 아주 지저분하던데요."

엘레나의 분홍빛 얼굴이 반짝였다.

"하지만 걱정 마세요. 제가 여기에 있는 동안은 얘를 아주 깨끗한 이 부엌에만 있게 할 테니까요."

엄마가 말했다.

"어…… 알았어요."

엘레나가 고개를 끄덕이며 말했다.

"하루에 두 번, 부엌을 소독약으로 청소할 거예요."

엄마가 힘없이 말했다.

"세상에!"

"토요일하고 일요일에는 세 번씩 할 거고요."

"아……."

"왜냐하면 저는 무엇이든지 깨끗한 게 좋거든요."

잠시 침묵이 흘렀다.

엄마는 숨을 한 번 크게 내쉬었다.

엘레나가 돌아간 뒤 모두들 입을 꾹 다물고 아무 말도 하지 않았다.

잠시 뒤 엄마가 입을 열었다.

"내 결정이 옳았기를 바란다."

해리가 말했다.

"옳은 결정이었어요, 엄마. 그 누나를 뽑았으면 악몽처럼 끔찍했을 거예요."

"맞아, 깨끗한 악몽."

엄마가 한숨을 쉬었다.

"얘야, 어쩌면 입주 유학생을 받는다는 생각이 잘못된 것인지도 모르겠구나. 어쩌면 ……."

그때 갑자기 초인종이 다시 울렸다.

엄마가 시무룩한 목소리로 말했다.

"또 누굴까?"

해리는 현관으로 가서 문을 활짝 열었다.

현관문 앞에 한 아가씨가 서 있었다.

머리는 길게 기른 금발이었고, 눈은 해리가 태어나서 처음 보는 진한 녹색이었다. 아가씨는 환하게 웃고 있었다.

"안녕? 난 '아스트리드'라고 해."

3

"어디에서 왔다고 했지요?"

엄마가 묻자, 아스트리드가 대답했다.

"안탈루시아요."

"아, 안탈루시아! 그래요, 안탈루시아."

엄마는 티 나지 않게 눈살을 살짝 찌푸렸다. 엄마는 안탈루시아가 어디인지 전혀 몰랐다. 해리도 마찬가지였다.

이윽고 엄마가 다시 입을 열었다.

"아주 먼 곳에서 왔네요."

"네, 아주 먼 곳이지요."

"그런데 우리말을 아주 잘하네요!"

엄마가 다정하게 말하자, 아스트리드는 고개를 끄덕였다.

"우리 안탈루시아 사람들은 언어에 소질이 있어요. 그래서 굉장히 빨리 배운답니다. 하지만 저는 우리 집에 없는 물건들은 이 나라 말로 뭐라고 하는지 전혀 모를 거예요."

"뭐, 그런 게 몇 개나 되겠어요?"

엄마가 힘을 북돋아 주는 말을 건넸다.

아스트리드는 생긋 웃었다.

해리는 아스트리드를 가만가만 살펴보았다. 뭔가 이상한 구석이 있었다. 하지만 뭔가 호감이 가는 구석도 있었다.

엄마는 아스트리드가 마음에 드는 눈치였다.

해리는 프레드를 힐끗 보았다. 프레드는 장난감

공룡을 씹느라 정신이 없었다. 하지만 프레드의 두 눈은 녹색 눈의 여자를 쳐다보고 있었다.

"우리 가족에 대해 좀 이야기해 줄게요."

그러고는 엄마가 해리를 보며 말했다.

"해리, 네가 할래? 엄마는 복도에 가서 일 문제

로 전화를 해야 하니까."

"내가요? 우리 가족에 대해서요? 하지만 엄마, 나는……."

엄마는 해리의 말을 들은 체 만 체 그냥 가 버렸다. 해리는 자기를 말똥말똥 바라보는 아스트리드

와 눈길이 마주쳤다. 아스트리드는 얘기를 들으려고 귀를 쫑긋 세운 채 해리를 바라보고 있었다.

해리는 숨을 한 번 크게 내쉬었다.

"뭐, 별로 할 말도 없어요."

해리가 우물우물 얘기를 시작했다.

"아빠가 지금 이라크에 일하러 가 있는 것 말고는요. 그러니까 우리는 말하자면 평범한……."

"평범한?"

해리가 풀 죽은 목소리로 대답했다.

"네."

아스트리드가 큰 소리로 말했다.

"아, 그거 잘됐다! 내가 딱 바라던 대로야! 평범한 가족, 평범한 엄마가 있는 평범한 가족."

복도에서 엄마가 깔깔 웃는 소리가 들려왔다.

엄마가 큰 소리로 말했다.

"그래요, 난 평범한 엄마가 맞을 거야."

아스트리드는 해리를 빤히 보며 말했다.

"그리고 너, 해리, 평범한 사내아이!"

해리도 아스트리드를 빤히 바라보았다. 자기가 평범한 사내아이이기를 아스트리드가 정말로 간절하게 바라고 있는 것 같아, 해리는 아니라고 말하기가 어려웠다.

해리가 어깨를 으쓱하며 대꾸했다.

"그래요, 난 평범한 아이인 것 같아요."

아스트리드는 프레드에게 눈길을 돌렸다.

"그리고 평범한 꼬맹이 여자 아이!"

침묵이 흘렀다. 들리는 소리라고는 엄마가 전화기에 대고 말하는 소리뿐이었다.

해리가 말했다.

"아니에요."

아스트리드가 눈썹을 치켜세웠다.

"프레드는 평범하지 않아?"

"프레드는 여자 아이가 아니에요!"

프레드는 입에서 공룡을 꺼내고는 놀란 눈으로 자기를 바라보는 아스트리드를 쳐다보았다.

"여자 아이가 아니라고?"

"네."

"그럼 저 여동생이 남자야?"

해리는 고개를 끄덕였다.

"여동생은…… 아니, 그러니까, 제 동생은 남자예요."

해리는 기침을 하고는 이어 말했다.

"프레드는 남자 이름이잖아요."

아스트리드는 무척 실망스럽다는 듯이 한숨을 내쉬었다.

"내가 분명히 소개해 주는 곳에 말했는데. 아들과 딸이 한 명씩 있는 집을 원한다고……."

아스트리드는 커다란 녹색 눈으로 프레드를 바

라보았다.

"정말로 남자 아이가 확실해?"

해리가 똑 부러지게 대답했다.

"물론 확실하지요!"

"그럼 너는? 넌 확실히……."

해리가 똑, 똑 부러지게 대답했다.

"물론 확실하지요!"

아스트리드가 소리쳤다.

"이런, 이런, 나도 모르겠다! 이 집은 완벽한 가족처럼 보였는데. 하지만 난 여자 아이가 필요하단 말이야!"

해리는 가슴이 두근거렸다.

"그러니까…… 결국 우리 집에 안 올 거예요? 딸이 없다는 이유 때문에?"

잠시 침묵이 흘렀다. 이윽고 아스트리드가 입을 열었다.

"그런데 너, 여자 애들에 대해 잘 알지? 친구들 중에 여자 애들도 있지?"

해리는 잠시 생각해 보았다.

"어, 그래요. 그런 것 같아요."

"그럼 여자 애들한테 이 집에 놀러 오라고 할 수 있겠네?"

아스트리드가 목소리를 높여 말했다.

"그럼 나는 그 애들하고 이야기를 나눌 수 있겠다!"

해리와 아스트리드의 눈길이 마주쳤다.

해리는 머리를 굴려 보았다. 상황은 이랬다.

해리가 여자 애들을 집에 오게 하면 아스트리드도 이 집에 온다.

해리가 여자 애들을 안 부르면 아스트리드도 이 집에 안 온다.

해리는 결정을 내렸다.

"좋아요."

바로 그때 엄마가 다시 거실로 왔다.

"그래, 둘이 얘기 잘됐니?"

아스트리드와 해리는 서로를 바라보았다. 그러고는 입을 모아 대답했다.

"네!"

엄마는 프레드를 보며 웃음 지었다.

"넌 어떻게 생각하니? 아스트리드 누나가 마음에 드니?"

프레드는 입에서 공룡을 꺼냈다.
그러고는 다시 입으로 집어넣었다.
그러고는 다시 입에서 꺼냈다.
그러고는 마지막 결정을 내렸다.
"아글리드 좋아!"

4

"이거 아가씨가 가져온 거예요?"

엄마는 아스트리드의 발 옆에 있는 타원형 모양의 회색 물건을 내려다보고 있었다.

"네."

"아주 스마트한 가방이네!"

아스트리드가 눈을 반짝이며 말했다.

"아, 이게 뭔지 아시는군요?"

아스트리드는 불빛이 깜빡깜빡거리는 타원형 물건을 발로 툭 쳤다. 그러자 그 물건이 터벅거리며

현관문을 지나 집으로 들어왔다.

엄마는 조금 놀라는 눈치였지만 태연한 척하며 해리에게 말했다.

“아스트리드 누나를 방으로 안내해 주겠니? 나는 차 끓이게 물 주전자 좀 올려야겠다.”

해리가 좋아하며 말했다.

“네, 엄마! 이리 와요, 아스트리드 누나.”

계단을 올라가는데 문득 해리한테 이런 생각이 들었다.

‘가방은 어떻게 하지? 내가 들어 준다고 해야 하나?’

해리는 뒤를 돌아보았다. 가방을…… 으악!

가방이 뒤에서 소리도 없이 계단을 미끄러지듯이 올라오고 있었다.

해리는 가방을 보고, 아스트리드를 보고, 다시 가방을 보았다.

"우아, 신기하네요!"

해리는 숨을 몰아쉬었다.

아스트리드가 녹색 눈을 해리에게 돌리며 말했다.

"아니야. 엄마가 말한 것처럼 '스마트 가방'일 뿐이야."

"스마트?"

그제야 해리는 깨달았다.

"아, '영리하다'는 뜻의 '스마트'요?"

"그래, 당연하지! 가만, 혹시 여기에는 스마트 가방이 없다는 말이니?"

해리가 고개를 끄덕이며 대답했다.

"네, 없어요. 그냥 평범하고 멍청한 가방들뿐이에요."

해리는 뒤로 돌아 천천히 계단을 올라갔다.

아스트리드는 방이 마음에 드는 눈치였다. 그런데 한 가지가 이상한 듯했다. 작은 꽃병이었다. 꽃병에는 해리와 프레드가 입주 유학생에게 주려고 꺾은 꽃이 꽂혀 있었다.

아스트리드가 소리쳤다.

"아, 식물을 저렇게 꺾다니!"

아스트리드는 해리를 말똥히 바라보았다.

"먹으려고 저렇게 꺾은 거니?"

"아니요. 그냥…… 그러니까 보기 좋으라고……."

아스트리드가 깜짝 놀라는 모습을 보고 해리도 깜짝 놀랐다.

해리는 할머니가 집에 놀러 왔을 때 꽃병에 꽃을 꽂아 두자 할머니가 좋아했던 기억을 떠올렸다.

그런데 아스트리드는 가만히 서서 꽃을 물끄러미 바라볼 뿐이었다. 느닷없이 아스트리드가 손뼉을 치고는 소리쳤다.

"데이터 기록기!"

"어…… 뭐요?"

아스트리드는 해리에게 한 말이 아닌 듯했다. 스마트 가방에게 말하고 있었다.

해리가 가만히 지켜보고 있자니, 나지막이 웅웅 소리를 내며 스마트 가방이 열렸다. 가방 속은 칸막이로 나뉘어 있었고, 작고 검은 기계가 하나 들어 있었다.

아스트리드는 그 기계를 꺼내 꽃 앞으로 들고 가서는 뭐라 뭐라 중얼댔다.

그러고 나서 이상야릇한 표정을 지으며 해리를

바라보았다.

아스트리드가 느릿느릿 말했다.

“먹는 얘기가 나왔으니 말인데, 너한테 한 가지 물어보고 싶은 게 있어.”

“아, 뭔데요?”

해리는 괜히 가슴이 조마조마했다.

“너희가 동물을 먹는다는 게 사실이니?”

잠시 침묵이 흘렀다. 해리는 다시 아스트리드를 말똥말똥 바라보았다.

"음…… 네."

아스트리드는 머뭇머뭇하더니 고개를 끄덕였다. 그러고 나서 자신의 데이터 기록기에 대고 뭐라고 중얼거렸다.

그러고는 느닷없이 웃음을 지었다. 화사하게 활짝 웃는 웃음이었다. 방 전체가 환해지는 듯했다.

"해리, 말해 봐! 동물을 먹거나 주위에 있는 식물을 꺾는 것 말고 또 뭘 좋아하니?"

해리는 마음이 놓여서 한숨을 내쉬었다. 대답하기 아주 쉬운 질문이었기 때문이다. 이 이상하기 짝이 없는 대화에서 드디어 처음으로 적어도 해리가 확실하게 알고 있는 질문이 나온 것이다.

해리는 환하게 웃으며 대답했다.

"축구요!"

아스트리드는 눈이 휘둥그레졌다.

"축구? 축구가 뭐야?"

해리는 아스트리드가 정원 담장을 향해 공을 차는 모습을 지켜보았다. 아스트리드는 공을 잘 찼다. 정말 뜻밖에도 아주 잘 찼다. 뻥 차고, 탕 부딪히고, 통통 튕겨 나오고. 뻥 차고, 탕 부딪히고, 통통 튕겨 나오고. 아스트리드는 심지어 공에 회전을 넣어 차기까지 했다.

해리가 얼굴을 찡그리더니(어쨌든 해리는 아스트리드를 가르쳐야 할 입장이 아닌가!) 갑자기 한 발을 앞으로 쑥 내밀었다.

자세가 나빴다. 공이 운동화에 부딪혀 공중으로 높이 솟구쳤다. 그러고는 해리와 아스트리드 사이에 있는 돌바닥으로 떨어져 통통통통 튀었다.

아스트리드는 공을 보고, 이어서 해리를 보았다.

갑자기 아스트리드의 녹색 눈이 초롱초롱 빛났다.

"아, 해리! 난 너희 중력이 진짜 마음에 들어!"

해리는 눈을 껌뻑거렸다.

"어……."

해리는 한참 머뭇거리다 불쑥 말했다.

"고마워요. 뭐 그런 걸 가지고."

해리는 자기 방에 앉아 '외계인 슈퍼 벌레'라는 컴퓨터 게임을 신 나게 하고 있었다.

따각—따각—따각—따각—발사! 해리는 이제 이 게임을 완전히 터득했다. 따각—따각—따각—피융! 으악, 놓쳤다!

게임을 하는 내내 해리는 뭔가 이상하다는 느낌이 들어 꺼림칙했다. 해리는 다시 총알을 세 발 쐈다. 두 발이 빗나갔다. 그리고 문득 뭐가 문제인지 깨달았다. 진공청소기 소리가 나지 않은 것이다.

해리는 얼굴을 찌푸렸다. 엄마는 프레드를 병원에 데려가고 집에 없었다. 엄마는 나가면서 아스트리드에게 진공청소기로 거실을 청소해 달라고 부탁했다.

'그런데 아스트리드 누나는 청소 안 하고 뭐 하고 있지?'

해리는 어깨를 한 번 으쓱하고는 다시 게임에 집중했다.

'치, 나랑 무슨 상관이야? 내가 늘 아스트리드

누나를 챙겨 줄 수는 없잖아. 누나하고 엄마하고 문제가 생긴다 해도 어쩔 수 없지, 뭐.'

아, 에이! 해리는 벌떡 일어나 거실로 쿵쾅쿵쾅 걸어갔다.

아스트리드는 열심히 일을 하고 있었다. 하지만 진공청소기를 돌리고 있지는 않았다. 아스트리드는 천 조각을 잔뜩 손에 들고는 창틀을 빙 둘러 가며 막고 있었다.

해리가 물끄러미 바라보다가 물었다.

"뭐 하고 있어요?"

"창문을 막고 있어."

"창문을 막는다고요? 하지만…… 하지만…… 뭐 하려요?"

"당연히 진공청소기 때문이지."

아스트리드는 틈새를 내려다보며 계속 말했다.

"진공 상태를 만들려면 공기가 들어올 구멍을 없애야 해. 너도 그 정도는 알겠지?"

"하지만 음…… 무엇 때문에 진공 상태가 필요하죠?"

아스트리드는 해리를 말똥말똥 쳐다보며 말했다.

"너희 엄마가 나한테 진공청소기로 방을 청소하라고 하셨어. 그래서 엄마가 시키는 대로 하는 거잖아."

아스트리드가 똑 부러지는 목소리로 말했다. 아주 똑 부러지는 목소리로.

해리는 어리둥절한 채 거실을 나왔다.

'정말로 방을 진공 상태로 만들면 저절로 청소가 될까?'

해리는 과학 시간에 배운 내용을 떠올려 보려고 했지만 하나도 생각나지 않았다. 생각나지 않다기보다, 어쩌면 그 이야기가 나왔을 때 귀 기울여 듣지 않았을 수도 있다.

과학 생각을 하니 오즈가 떠올랐다. 오즈는 과학의 고수 비스름했기 때문이다.

오즈가 쏘아붙이듯이 전화를 받았다.

"네."

해리가 약간 움츠리는 투로 말했다.

"오즈니? 나야, 해리."

해리는 침을 한 번 꼴깍 삼키고는 다시 말했다.

"오즈, 만약 어떤 집의 거실을 진공 상태로 만들면 무슨 일이 일어나니?"

오즈가 짜증 섞인 목소리로 말했다.

"아이, 해리! 지금 막 컴퓨터에서 '체스 마왕'의 왕비를 잡으려던 참이었어. 그런데 그런 바보 같은 질문으로 나를 훼방 놓는 거야!"

"대답해 줘, 오즈!"

해리는 오즈에게 부탁하면서 복도 쪽으로 눈길을 힐끗 돌렸다. 아스트리드가 단단히 결심한 표정으로 문틀을 똑바로 쳐다보는 모습이 보였다.

"아, 좋아! 진공 상태라고 했냐? 거실에서?"

해리가 소곤대듯 말했다.

"그래."

"어떤 종류의 집을 말하는 거야?"

"음, 그냥 우리 집 같은 집."

"흐음."

오즈가 곰곰이 생각하더니 말했다.

"주택가, 벽돌과 모르타르. 글쎄, 내 생각에는 집이 내부 파열할 것 같은데."

"내부 파열?"

오즈가 설명해 주었다.

"폭발의 반대야."

해리가 목소리가 밝아지며 말했다.

"아, 그럼 그렇게 나쁜 건 아니네!"

"말하자면, 안에서 폭발하는 거야."

해리가 목소리를 높여 물었다.

"안에서 폭발?"

"아마도 집이 무너질 거야. 가까이 있는 집 한두 채도 함께 무너질지 몰라. 어쩌면 심지어……."

해리는 나머지 말은 더 듣고 싶지도 않았다.

해리는 아스트리드에게 뛰어가 팔을 붙잡았다.

"안 돼요, 안 돼요, 안 돼!"

아스트리드가 화들짝 놀라 물었다.

"왜 그러니, 해리?"

해리가 야무지게 말했다.

"아스트리드 누나, 누나가 틀렸어요."

해리는 아스트리드를 데리고 부엌으로 갔다. 그러고는 벽장으로 가서 진공청소기를 꺼내 주었다.

"누나, 진공청소기를 소개할게요."

아스트리드는 여러 가지에 관심이 참 많았다. 그러니까 축구 시합이라든지, '슈퍼 벌레' 스티커가 붙은 새 레이저 총 같은 흥미로운 물건에 관심이 많았다. 하지만 흥미롭지 않은 물건에도 관심이 많았다.

예를 들면, 빨래집게.

그리고 비누.

그리고 옷걸이.

그리고 지퍼. 그리고 옥수수를 간식으로 먹을 때 옥수수에 꽂는 꼬챙이.

하루는 아스트리드가 데이터 기록기를 손에 든 채 해리에게 말했다.

"좋아, 옥수수를 꼬챙이에 끼워 먹는 모습을 한 번 보여 줄래?"

그래서 해리는 옥수수를 꼬챙이에 끼워 먹는 모습을 보여 주었다.

해리는 또 양치질하는 모습과 자전거의 페달을 밟는 모습도 보여 주어야 했다.

솔직히 말하면, 해리는 자전거를 타고 비틀비틀 하다 넘어져서 화분들을 덮치고 바지가 찢어진 모습을 보여 주었다.

아스트리드는 늘 이것저것 물어보았다. 아스트리

드의 질문에 늘 기꺼이 대답해 주는 사람은 이 집에서 딱 한 사람뿐이었다. 바로 프레드였다. 프레드는 얘기할 사람이 있으면 무조건 아주 좋아했다.

어느 날 오후, 프레드는 아스트리드에게 부엌을 구경시켜 주었다. 프레드는 으리으리한 집을 안내하는 사람이라도 되는 듯이 채소 선반을 가리키며 말했다.

"암자(감자)!"

프레드는 자랑스럽게 활짝 웃고는 이어 말했다.

"큰 암자, 작은 암자. 암자가 아주 많아."

해리는 눈살을 찌푸리고는 책을 보며 숙제를 하려고 애쓰고 있었다.

아스트리드가 물었다.

"이건 뭐야?"

잠시 침묵이 흐르더니, 프레드가 야무지게 대답

했다.

“앙파(양파)!”

아스트리드는 이맛살을 잔뜩 찌푸리며 웅얼웅얼 말했다.

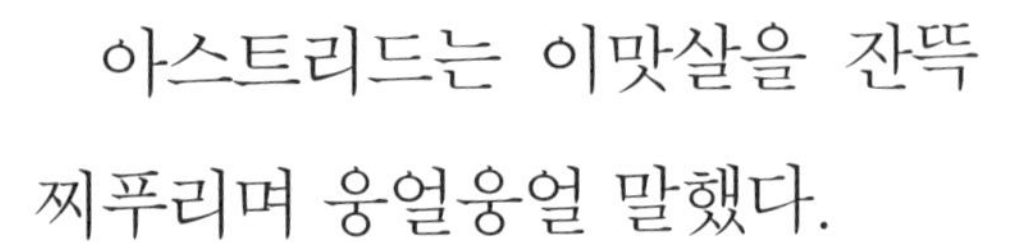

“암자, 앙파.”

해리는 고개를 절레절레 젓고는 자기가 방금 쓴 문장을 읽어 보았다.

“앙파에 침략당했다.”

해리는 한숨을 지으며 ‘앙파’에 줄을 긋고는 ‘노르만’으로 바꾸어 썼다.

이제 프레드는 과일 바구니 앞에 서 있었다.

“그리고 이건 나나(바나나)야.”

아스트리드가 프레드의 말을 그대로 따라 했다.

“나나.”

그 순간 해리는 더 이상 참을 수가 없었다.

해리가 버럭 악을 썼다.

“바나나!”

프레드와 아스트리드가 해리를 바라보았다.

아스트리드가 물었다.

“뭐라고?”

“바나나!”

“바, 뭐?

“바나나!”

해리가 소리를 빽 질렀다.

“바나나, 바나나, 바나나!”

아스트리드와 프레드는 서로를 멀뚱멀뚱 바라보았다.

프레드가 속삭였다.

"나나."

아스트리드는 바나나 위로 데이터 기록기를 들더니 "나나."라고 중얼거렸다. 그러고는 이렇게 덧붙였다.

"바나나라고도 한다."

해리는 한숨을 내쉬고는 다시 역사 숙제를 했다.

그때 문득 한 가지 생각이 떠올랐다.

"아스트리드 누나?"

"왜, 해리?"

"누나네 나라 말로는 바나나를 뭐라고 해요?"

"우리나라에는 바나나가 없어."

"바나나가 없어요?"

"없어."

해리는 얼굴을 찌푸렸다.

"그럼 사과는요? 사과는 뭐라고 해요?"

"우리나라에는 사과도 없어."

사과가 없다니? 사과가 없다니? 해리는 잠시 생각해 보고는 다시 물었다.

"그럼 감자는요? 설마 감자도 없지는 않겠죠?"

아스트리드는 고개를 가로저었다.

"없어!"

해리는 아스트리드를 빤히 쳐다보았다. 감자가 없다고? 으깬 감자도, 구운 감자도, 찐 감자도 없다고? 포테이토칩도 없고? 세상에, 감자가 없는 나

라에 살다니! 감자 없는 지역이라……. 우아! 해리는 고개를 설레설레 저었다. 아스트리드의 나라는 진짜 별난 곳임에 틀림없었다.

아스트리드는 이제 깡통 따개를 손에 든 채 부엌 서랍 앞에 서 있었다.

"프레드, 이건 뭐라고 하니?"

프레드는 잠시 생각해 보더니 환하게 웃으며 말했다.

"꽁 깡똥(콩 깡통) 따는 데 쓰는 거!"

아스트리드는 고개를 끄덕이면서 프레드의 말을 따라 했다.

"꽁 깡똥 따는 데 쓰는 거."

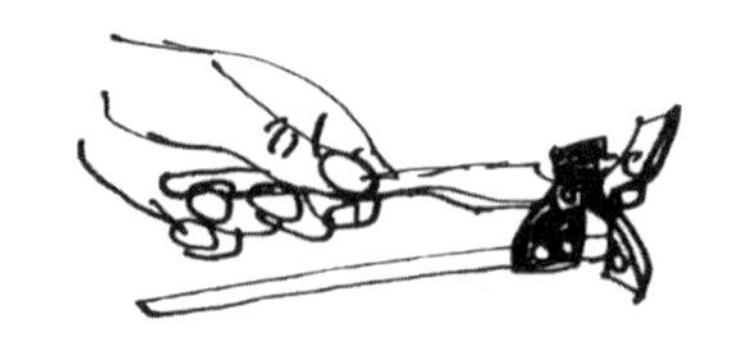

해리가 소리쳤다.

"빨리요!"

아스트리드는 꿈쩍도 하지 않았다.

"계속해요, 빨리. 카드를 한 장 뒤집어요."

아스트리드는 바닥에 쫙 펼쳐져 있는 카드를 내려다보다가 6을 뒤집었다.

해리는 그 카드 위에 카드들을 쌓기 시작했다. 그러다 문득 아스트리드가 오늘따라 무척 조용하다는 사실을 깨달았다. 아스트리드는 손으로 카드

를 만지고는 있었지만, 제대로 게임을 하고 있지는 않았다.

해리는 무릎을 세우고 앉았다.

"뭐 해요, 아스트리드 누나?"

아스트리드는 가볍게 머리를 가로저었다.

"미안, 해리. 내가 몸이 안 좋은 것 같아."

해리는 아스트리드를 쳐다보았다. 정말 몸이 안 좋아 보였다. 녹색 눈은 누리끼리했고, 피부는…… 음, 녹색이었다.

아스트리드가 일어서며 말했다.

"잠깐 내 방에 가서 쉬어야겠어."

해리는 아스트리드를 올려다보았다.

"괜찮아요?"

아스트리드가 고개를 끄덕였다.

"응, 괜찮을 거야. 그냥 이곳이 너무 낯선 곳이라 그래. 내가…… 적응하는 데 시간이 좀 걸리는 것 같아."

아스트리드는 어기적어기적 문으로 걸어가서 방을 나갔다.

해리는 천천히 카드를 치웠다.

해리는 걱정이 되었다. 아스트리드는 정말로 이상해 보였다. 해리는 부엌으로 가서 아스트리드에게 줄 만한 것이 없나 찾아보기로 했다. 군것질거리, 아플 때는 그게 최고다.

찬장 문을 여니 콜라가 보였다. 해리의 두 눈이

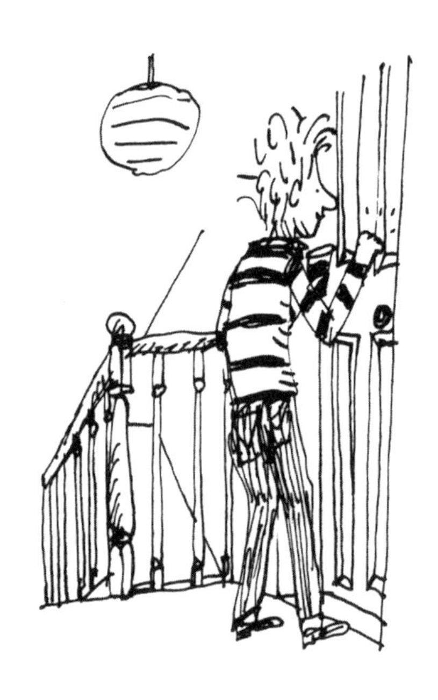

반짝였다.

'이거면 되겠다!'

해리는 콜라를 유리컵에 따라 2층으로 가져갔다. 그리고 아스트리드의 방 문을 두드렸다.

해리가 큰 소리로 말했다.

"아스트리드 누나, 들어가도 되죠?"

"그래!"

문 너머에서 아스트리드의 목소리가 들려왔다.

해리는 방으로 들어가서 아스트리드를 찬찬히 살펴보았다.

아스트리드는 침대에 앉아 있었고, 스마트 가방은 침대 옆 바닥 위에 떠 있었다. 그런데 아스트리드의 얼굴에 온통 웃음꽃이 피어 있었다.

해리가 말했다.

"아, 좀 괜찮은가 보네요!"

아스트리드가 씩씩한 목소리로 말했다.

"응!"

해리가 아스트리드를 말끄러미 바라보며 물었다.

"하지만 어떻게?"

"스마트 가방이 나한테 무슨 약을 지어 주었는데, 그게 잘 듣더라!"

해리는 아래를 내려다보았다. 스마트 가방 속 칸막이 가운데 하나가 열려 있었다. 해리가 보니, 갖가지 색깔의 액체가 든 통이 줄지어 있었다.

해리가 소리쳤다.

"우아!"

아스트리드는 싱글벙글 웃었다.

"좋지? 그렇지?"

"그래요……."

해리는 손에 들고 있던 유리컵을 내려다보았다.

콜라를 가져온 자기가 바보 같다는 생각이 살짝 들었다.

“누나한테 주려고 뭘 좀 가져왔는데.”

“아, 고마워!”

아스트리드는 유리컵을 받아 들더니 속을 들여다보았다.

“이게 뭐야?”

“콜라요!”

"콜라? 콜라가 뭐야?"

해리는 한숨을 쉬었다.

"그냥 콜라요."

"콜라가 뭔데?"

"아, 콜라가 뭔지 잘 알잖아요! 세상에 콜라를 모르는 사람이 어디 있어요? 그건 마치……."

해리는 모든 사람들이 알 만한 것을 생각해 내려고 애썼다.

"마치 미키 마우스를 모르는 거하고 똑같아요!"

"미키 마우스?"

"있잖아요, 둥그렇고 커다란 귀를 가진 거요."

"둥그렇고 커다란 귀?"

해리는 아스트리드를 물끄러미 쳐다보았다.

"미키 마우스를 모르다니 말도 안 돼요. 지구에 사는 사람들은 누구나 미키 마우스를 알아요!"

아스트리드는 해리를 말끄러미 바라보았다. 아

주, 아주 오랫동안.

이윽고 아스트리드가 입을 열었다.

"해리, 이제 너한테 이야기를 할 때가 된 것 같다."

아스트리드는 방을 나가더니, 커다랗고 두툼한 백과사전을 들고 다시 들어왔다(언젠가 엄마가 해리에게 생일 선물로 준 백과사전이었다. 그때 해리는 롤러 블레이드도 선물로 받았다).

아스트리드는 해리에게 자기와 나란히 침대에 앉게 하더니 책을 펼쳤다.

아스트리드는 유럽 지도가 나와 있는 책장을 넘겼다.

세계 지도가 나오는 책장도 넘겼다.

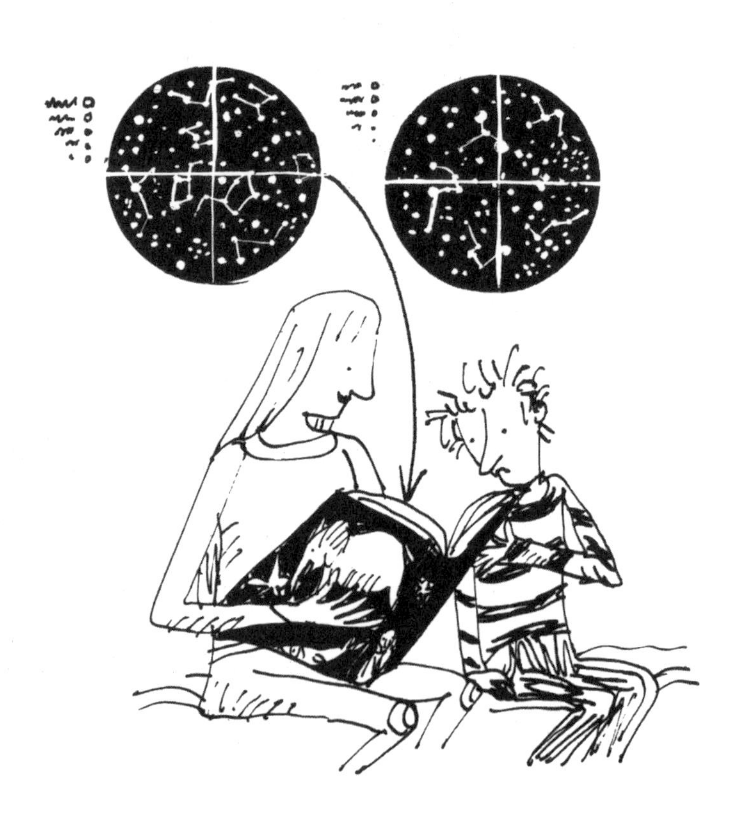

그리고 별 지도가 나오는 책장을 펼쳤다.

그러고는 가만히 있었다.

해리가 눈을 치켜뜨고 아스트리드를 쳐다보았다.

해리가 나지막이 내뱉었다.

"말도 안 돼!"

"사실이야. 내가 안탈루시아에서 왔다고 했지?"

아스트리드는 베텔게우스라는 별 가까이에 있는 한 지점을 손가락으로 가리켰다.

"이 방향으로 500광년쯤 가면 안탈루시아가 나와."

8

여러분 집에 외계인이 살고 있다는 사실을 알게 되면 까무러칠 정도로 놀랄 것이다. 정말로 누구나 까무러칠 정도로 놀랄 일이다. 그래서 해리도 까무러칠 정도로 놀랐다.

"누나가 외계인이에요?"

아스트리드는 고개를 끄덕였다.

"누나가 우주에서 왔어요?"

아스트리드는 고개를 끄덕였다.

"그, 그, 그렇지만 누나는 우리랑 진짜 똑같이 생

졌잖아요!"

아스트리드의 두 눈이 반짝였다.

"외계인이라고 다 네가 보는 만화책에 나오는 자그마한 녹색 인간 같지는 않아."

"하지만 무엇……."

해리의 마음이 달음질치고 있었다.

"그러니까 내 말은, 어떻게 이곳에 왔어요?"

"보통 하는 방법으로!"

아스트리드는 어깨를 한 번 으쓱해 보이고는 말했다.

"우주선!"

"우주선이오?"

해리가 입을 쩍 벌리고는 아스트리드를 쳐다보았다.

"그 우주선은 어디에 있어요?"

아스트리드가 손뼉을 짝짝 치며 소리쳤다.

"비시엘(BCL)−22!"

해리와 아스트리드는 함께 스마트 가방을 내려다보았다. 가방 뚜껑이 한쪽으로 쓰윽 열렸다. 칸막이로 된 가방 속에 초록빛이 도는 은색 물체가 보였다. 그 물체에 금속 다리 네 개가 달려 있었다.

얼핏 보니 우주선처럼 보였다. 해리는 '우주선이다.' 하고 생각했다. 정말 우주선일 수도 있었다.

아니, 분명 우주선 같았다. 다만 한 가지가 이상했다. 길이가 고작 15센티미터에 지나지 않았다.

갑자기 해리가 까르르 웃음을 터뜨렸다.

"누나가 저 속에 어떻게 들어가요?"

"글쎄, 지금 상태로는 안 되지."

아스트리드가 맞장구를 치더니 한마디 덧붙였다.

"하지만 제 크기로 커지면 들어갈 수 있어."

해리가 못 믿겠다는 듯 히죽 웃으며 말했다.

"아, 그래요? 어떻게 하면 저게 제 크기로 커지는데요?"

아스트리드는 당연하다는 듯이 말했다.

"그거야 스마트 가방을 쓰면 되지."

"스마트 가방이오? 이 가방이 물건을 크게 하거나 작게 만들 수 있어요?"

"물론이지! 물건을 작게 못 만드는 가방이 무슨 쓸모가 있겠어? 많은 물건들을 어떻게 다 집어넣

으라고.”

“어…… 글쎄요.”

해리는 두 손으로 눈을 가렸다.

모든 일이 해리가 받아들이기 어려울 정도로 빠르게 벌어지고 있었다. 해리의 머릿속에 이런저런 질문이 마구 떠올랐다.

‘그래, 아스트리드 누나는 외계인이야. 그런데 우리랑 친구가 될 수 있는 외계인일까? 혹시 지구를 차지하려고 하는 건 아닐까? 나를 간식으로 먹을 콩이나 토스트로 만들어 버리면 어떻게 하지?’

해리가 다시 눈을 뜨고는 속삭이듯 말했다.

“아스트리드 누나?”

“응?”

“지구에는 뭐 하러 왔어요?”

아스트리드는 해리를 보며 생글 웃었다.

"연구하러!"

해리는 마음이 놓여 한숨을 내쉬었다.

"아, 그래요? 뭘 연구하는데요?"

아스트리드는 다시 생글 웃었다.

"너를 연구하고 있어."

그날 저녁 해리가 엄마를 불렀다.

"엄마?"

엄마는 부엌 식탁에서 가계부를 쓰고 있었다.

"엄마는 아스트리드 누나가 외계인인 줄 알고 있

었어요?"

"외계인? 어, 그래."

엄마가 알 듯 모를 듯 애매하게 대꾸했다.

해리는 엄마를 빤히 쳐다보았다.

"뭐라고요? 아스트리드 누나가 외계인인 줄 알고 있었다고요?"

"그럼, 당연하지!"

해리는 잠시 말문이 막혔다가 다시 입을 뗐다.

"엄마는 우주에서 온 입주 유학생을 우리 집에 두는 게 조금도 이상하지 않았어요?"

엄마가 가계부에서 눈길을 떼고 고개를 들었다.

"우주? 해리, 도대체 그게 무슨 말이야? 엄마가 외계인이라고 한 건 그냥 외딴 나라에서 왔다는 뜻으로 말한 거야. 아스트리드가 우주에서 왔다는 뜻은 아니었어!"

해리가 딱 잘라 말했다.

"어쨌든 아스트리드 누나는 우주에서 왔어요."

"어이쿠, 애야, '외계인 슈퍼 벌레' 게임을 너무 많이 했나 보다."

해리가 천천히 또박또박 대꾸했다.

"아니요, 그런 게 아니에요."

엄마는 해리를 흘겨보았다.

"해리, 너, 아스트리드가 마음에 안 들어? 엄마는 네가 그 누나를 좋아하는 줄 알았는데."

해리가 얼른 말했다.

"좋아해요! 정말로 좋아해요. 아주 많이. 그렇지만…… 그렇지만 누나는 나를 연구하고 있다고 했어요. 어, 내가 그 점까지 좋아하는지는 잘 모르겠어요."

엄마는 다시 가계부로 눈길을 돌렸다.

"그게 바로 입주 유학생들이 하는 일이야. 다른 나라를 연구하는 거. 안 그러면 왜 유학생이라고 부르겠니?"

엄마는 손가락 하나를 가계부의 세로줄을 따라 죽 내렸다. 그러다가 느닷없이 다시 고개를 들고는 말했다.

"마침 아스트리드가 너를 연구한다는 말이 나왔으니 하는 말인데, 너, 식탁에서 좀 더 예의 바르게 행동하면 안 되겠니?"

"아아아아아아아야!"

비명 소리가 집 안에 울려 퍼졌다. 해리는 그 자리에 얼어붙었다. 프레드가 내지르는 소리 같았다.

"아야―아야―아야―아야!"

다시 비명이 들려왔다. 프레드가 확실했다.

해리는 자리에서 발딱 일어나 계단을 허겁지겁 뛰어 내려가 소리 나는 쪽으로 갔다. 프레드가 아스트리드 방 밖에서 옆구리를 어루만지며 스마트 가방을 노려보고 있었다.

"프레드! 무슨 일이야, 프레드?"

프레드가 씩씩대며 말했다.

"스마 가방이 날 아야, 하게 했어!"

"뭐?"

프레드가 같은 말을 되풀이했다.

"스마 가방이 아야, 하게 했어! 스마 가방 때문에 다쳤어!"

"그랬구나."

해리는 프레드가 많이 다치지 않은 것을 보고는 마음이 놓였다.

"그래, 스마 가방, 아니 스마트 가방 가지고 뭘 하고 있었니?"

프레드는 기가 죽은 표정으로 고개를 절레절레 저었다.

"그냥 타 보고 싶었어."

해리는 프레드를 째려보았다.

"너, 그 위에 올라탔니?"

프레드가 고개를 끄덕였다.

"그런데 그게 휘익 움직여서 내가 떨어졌어."

해리는 깜짝 놀랐다.

"프레드, 그렇게 하면 안 돼! 스마트 가방은 첨단 기술이야. 아주, 아주 첨단 기술이지! 첨단 기술 제품을 깔고 앉으면 안 되지."

프레드는 해리를 멀뚱멀뚱 올려다보았다. '첨단

기술'이라는 말이 무슨 말인지 모르는 눈치였다.

"그리고 어쨌든 저건 네 물건이 아니잖아."

프레드는 다시 해리를 멀뚱멀뚱 올려다보았다. '네 물건'이라는 말도 무슨 말인지 잘 모르는 눈치였다.

"다음에 또 한 번 그러면, 스마 가방이 네 엉덩이를 깨물 거야!"

이 말은 통했다. 프레드는 '엉덩이를 깨물 거야.'라는 말이 무슨 말인지 잘 알았다.

프레드가 다시 소리를 내질렀다.

"아야-아야-아야! 스마 가방한테 내 엉덩이 깨물지 말라고 해!"

해리는 이제 집 안에서 스마트 가방을 보는 것에 익숙해졌다. 하지만 스마트 가방이 밖에 나가리라고는 상상도 못했다. 더구나 쇼핑을 갈 거라고는

꿈도 꾸지 못했다.

해리와 아스트리드가 둘이 쇼핑을 가려는 참이었다. 그런데 스마트 가방이 보였다. 아스트리드의 발치에서 어슬렁거리는 게 따라나서려는 듯했다.

해리는 깜짝 놀라며 스마트 가방을 쏘아보았다.

"저건 안 가는 거죠?"

"물론 같이 가야지."

"안 돼!"

"돼!"

해리는 박박 악을 써 댔다.

"하지만 그러면 너무너무 이상해 보일 거예요! 사람들 눈에 금방 띌 거예요."

아스트리드도 눈을 부릅뜨고 물러서지 않았다.

"난 스마트 가방이 필요해, 해리. 물건들을 넣어야 하고, 또 옮겨야 하고, 또…… 또 줄어들게도 해야 해. 언제, 어느 때 스마트 가방이 필요할지 모른다는 건 안탈루시아에서는 상식이야. 우리 증조할아버지의 여동생이 한번은 스마트 가방을 두고 나갔다가……."

하지만 해리는 뭔가 골똘히 생각하느라 아스트리드의 말이 귀에 들어오지 않았다.

느닷없이 해리가 물었다.

"스마트 가방을 옆으로 세울 수 있어요?"

"물론이지!"

"손 높이 정도로 올라오게요?"

"어떤 높이로도 할 수 있어."

"그러면서 움직일 수 있죠?"

"응."

해리가 신이 나서 말했다.

"그럼 됐네! 그럼 됐어요."

드디어 다 함께 출발했다.

스마트 가방은 아스트리드의 왼손 옆에 떠 있었다. 자세히 들여다보면 아스트리드가 손으로 잡고 있는 게 아니라는 것을 알 수 있었다. 하지만 누가 자세히 들여다볼 일은 없을 테니…….

처음에 해리는 쇼핑이 꽤나 즐거웠다. 시디를 좀 구경하고, 프레드에게 줄 셔츠를 샀다. 그리고 루크에게 생일 선물로 줄 시카고 베어스 야구 모자도 찾아냈다. 그러고 나서 건강식품을 파는 가게로 가서 말린 바나나 열두 봉지를 샀다.

(아스트리드는 지구에 도착한 지 얼마 안 돼서 말린 바나나를 발견했다. 아스트리드는 말린 바나나가 안탈루시아에 있을 때 좋아했던 음식하고 조

금 비슷하다고 해리에게 말했다. 아스트리드가 지구 음식 가운데 진짜로 좋아하는 또 하나는 순무였다.)

그다음 해리와 아스트리드는 과일을 사러 시장에 갔다. 그런데 시장에서 로드 비버와 우연히 마주쳤다.

로드 비버는 껄렁껄렁한 아이였다. 아마 여러분은 로드 비버를 보기만 해도 가슴이 철렁 내려앉을 것이다. 로드는 학교에서 깡패처럼 아이들을 괴롭혔다. 그리고 학교 밖에서 자기 패거리와 함께 있으면 더욱더 거친 깡패처럼 행동했다. 오늘은 하필 자기 패거리 가운데 하나와 함께 있었다.

로드의 친구는 해리가 처음 보는 아이였는데, 빨강 머리에 키가 컸다. 그 녀석과 로드는 높이 쌓인 사과 상자 앞에 서 있었다. 해리는 고개를 푹 숙이

고, 녀석들의 눈에 띄지 않게 조용히 지나가려고 했다. 하지만 아뿔싸, 해리 귀에 로드가 외치는 소리가 들렸다.

"오호, 이게 누구야? 우리 학교에 다니는 꼬맹이 해리 헨더슨이잖아."

해리는 모르는 척하고 그냥 지나가려고 했다. '그냥 계속 걸어야지.' 하고 자기 자신한테 말했다. 그런데 좀 더 가까이 가자, 로드가 아스트리드를 보았다.

로드가 빈정거렸다.

"야, 젖먹이 해리! 보모랑 함께 나왔구나!"

빨강 머리 녀석은 옆에서 히죽히죽 웃고 있었다.

해리는 얼굴이 빨개지는 것을 느꼈다. 그리고 그만 실수를 저지르고 말았다.

"보모가 아니야! 입주 유학생이야."

로드는 껄껄 웃었다.

"척 보니까 보모가 맞는데, 뭐! 젖먹이 해리, 오늘 보모가 네 기저귀는 갈아 줬냐? 우유병은 물려 줬어?"

로드가 다시 빈정댔고, 빨강 머리 녀석은 다시 히죽히죽 웃었다.

그러자…… 마침내 해리는 화가 폭발했다. 해리는 두 손을 로드의 가슴에 얹더니 로드를 확 밀쳤다.

로드는 사과 상자 더미로 쓰러지는가 싶더니 땅

바닥에 벌러덩 나자빠졌다. 사과 상자와 썩은 바나나와 양배추 잎에 둘러싸인 채 말이다.

해리는 입을 쩍 벌리고는 겁에 질려 로드를 바라보았다.

아스트리드가 흥미롭다는 듯이 말했다.

"친구한테 인사를 희한하게 하네. 너희는 늘 이렇게……."

해리가 재빨리 아스트리드의 팔을 낚아채면서 말했다.

"빨리요!"

"뭐? 왜?"

"빨리요!"

둘은 냅다 내달려 엄마가 늘 지름길로 삼는 좁은 샛골목에 다다라서야 멈춰 섰다. 해리는 숨을 할딱거렸다.

아스트리드가 말했다.

"과일도 안 샀는데 왜 시장에서 빠져나왔어? 우리는 과일을 사야 해."

"난 과일 필요 없어요!"

"좋아, 그럼 내가 가서 사 올 테야."

"좋아요."

해리가 여전히 숨을 할딱거리며 말을 이었다.

"좋아요, 혼자 가서 사 와요. 난 여기서 기다릴 테니까."

아스트리드가 고개를 끄덕이며 말했다.

"알았어. 그럼 넌 여기서 스마트 가방이랑 같이 있어."

아스트리드의 말이 떨어지자마자 스마트 가방은 해리의 발치로 스윽 가서 납죽 엎드렸다. 아스트리드는 혼자 시장으로 갔다.

해리는 샛골목에서 한참을 기다렸다. 아스트리드는 시간이 많이 걸리는 듯했다. 어쩌면 줄을 서고 있는지도 몰랐다. 시장에 가면 길게 줄을 서야 하는 경우가 가끔 있다.

해리는 벽을 향해 돌멩이 하나를 걷어찼다. 그러

고는 하늘에 떠 있는 구름을 보았다. 이어 포장도로에 있는 갈라진 틈을 보았다. 그때 목소리가 들려왔다.

"어이, 안녕, 젖먹이 해리!"

11

해리는 얼른 뒤를 돌아보았다. 하지만 보기도 전에 이미 누구인지 알고 있었다. 로드와 빨강 머리 녀석이었다. 해리는 주위를 두리번거렸다. 다른 사람은 아무도 없었다. 두 녀석이 해리를 향해 뚜벅뚜벅 걸어오고 있었다.

로드는 얼굴에 씩 웃음을 머금고 있었다. 하지만 기분이 좋아서 웃는 웃음은 아니었다. 빨강 머리 녀석은 해리의 몸 크기를 재기라도 하는 것처럼 눈을 가늘게 뜨고 있었다.

해리는 벽 쪽으로 뒷걸음질을 쳤다.

로드가 무뚝뚝한 목소리로 말했다.

"우리가 너를 잡으러 간다."

해리는 침을 꿀꺽 삼키며 다시 주위를 두리번거

렸다. 그러고는 아래를 내려다보았다. 그런데 아래에, 바로 자기 옆에, 스마트 가방이 있었다. 스마트 가방! 순간 해리는 재빨리 머리를 굴렸다.

'아스트리드 누나가 스마트 가방에 대해 뭐라고 말했더라? 그래, 그래, 물건들을 옮긴다고 했어. 좋아, 나는 로드를 다른 곳으로 옮겨 버리고 싶어. 그것도 당장!'

해리는 입술을 꼭 깨물었다. 아스트리드가 입술을 깨물면 스마트 가방이 말을 들었다. 하지만 해리가 그렇게 해도 말을 들을까?

로드는 주먹을 높이 치켜들고 점점 다가오고 있었다. 밑져야 본전이었다!

"스마트 가방!"

해리가 숨을 몰아쉬며 계속 외쳤다.

"까만 신발 신은 저 남자 애, 저 애를 당장 옮겨 버려!"

해리는 자기 눈을 믿을 수가 없었다. 방금 전까지만 해도 로드는 주먹을 쳐들고 서 있었다. 그런데 지금 여전히 주먹을 쳐들고 서 있기는 했지만, 약 4미터쯤 위로 올라가 있었다. 코끼리 등 위에 서면 닿을 만한 높이였다. 하지만 로드는 코끼리 위에 서 있지 않았다. 허공에 붕 떠 있었다.

로드의 얼굴에서 심술궂게 씩 웃던 웃음이 싹 가셨다. 대신 완전히 겁에 질린 표정이 되었다. 상대방을 때려눕히고 싶을 때, 4센티미터 위에 있는 것은 좋다. 하지만 4미터 위에 있는 것은 좋지 않다. 지금 로드가 딱 그 꼴이었다.

빨강 머리 녀석은 로드를 올려다보고는 목이 턱 막혔다. 잠시 뒤 녀석은 겨우 목소리를 찾아 큰 소리로 외쳤다.

"로드?"

로드는 자기 친구를 내려다보았다. 그러고는 곧

바로 더 위로 슝 솟구쳤다.

"으으으으아악!"

빨강 머리 녀석이 소리쳤다.

"로드, 너 뭐 하는 거야?"

로드의 대답은 이것뿐이었다.

"으으으아악!"

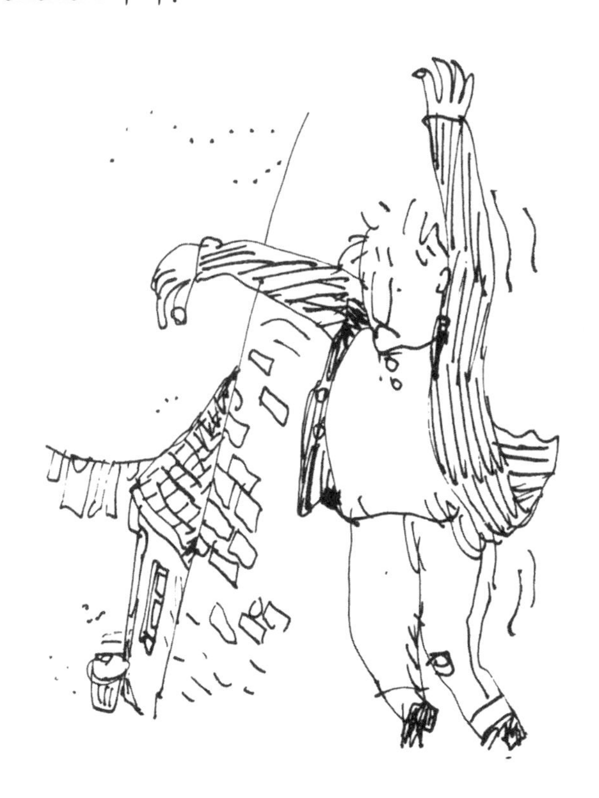

"내려와, 로드!"

"으으으아악!"

빨강 머리 녀석은 해리에게 고개를 돌렸다. 그러고는 다정스러운 표정을 설핏 지으며 말했다.

"별일이 다 있다!"

해리는 고개를 끄덕였다.

둘은 함께 로드를 올려다보았다. 로드는 조금 전보다는 겁에 덜 질린 모습이었다. 적어도 아래로 곤두박질치지는 않으리라는 것을 깨달았기 때문이다. 로드는 팔과 다리를 마구 휘젓기 시작했다. 하지만 그 자리에서 꿈쩍도 할 수 없었다.

로드가 소리쳤다.

"날 내려 줘!"

빨강 머리 녀석은 주위를 두리번거렸다. 그러고는 로드에게 소리쳤다.

"사다리가 있어야 할 것 같아!"

"그럼 찾아봐!"

"알았어! 내가 어디서 한번 구해 볼게. 넌 거기 가만히 있어!"

빨강 머리 녀석은 위를 한 번 힐끗 보고는 그 자리를 떴다.

로드가 공중에서 옴짝달싹하지 못하는 모습을 보고 해리는 기분이 좋았다. 하지만 로드를 더 골탕 먹일 수도 있을 것 같았다. 아무튼 해리는 빨리 행동해야 했다(사람들이 하나 둘 그 샛골목을 들여다보기 시작했으니까). 갑자기 해리는 혼자 빙긋이 웃었다.

해리가 위에다 소리쳤다.

"로드?"

로드는 해리를 내려다보았다.

"왜?"

"만약 너를 내려 주면 나를 패지 않겠다고 약속

할 수 있어?"

잠시 침묵이 흐르더니 커다랗게 울부짖는 소리가 뒤따랐다.

"그래!"

"그리고 앞으로 절대 나를 때리지 않겠다고 약속할 거야?"

"그래!"

"나를 바보 같은 별명으로 놀리지도 않을 거지?"

"그래!"

식은 죽 먹기였다.

"또……."

"해리!"

그때 느닷없이 화가 머리끝까지 치민 목소리가 들려왔다. 해리가 뒤를 돌아보니, 화가 머리끝까지

치민 아스트리드가 서 있었다.

20초 뒤 로드 비버는 무사히 땅바닥으로 내려왔다. 다친 데는 없었지만 놀랍게도 아주 조용했다. 심지어 사근사근하기까지 했다. 말썽을 피울 것 같지는 않았다. 해리는 그 사실을 한눈에 척 알 수 있었다. 4미터 위 세상에서 몇 분 동안 멈춰 있던 경험이 로드에게는 아주 좋은 영향을 끼쳤다. 아주 좋은 영향을…….

그렇다! 로드는 이제 더 이상 해리한테 문제가 되지 않았다. 이제는 다른 사람이 문제였다. 바로 아스트리드였다.

12

집으로 돌아오자마자 한바탕 말다툼이 벌어졌다. 은하계 사이의 싸움이었다. 아스트리드의 두 눈에서는 레이저처럼 빛이 뿜어져 나왔고, 입에서는 끔찍한 안탈루시아 말들이 주저리주저리 쏟아져 나왔다. 해리의 귀에는 그 소리가 꼭 '뚫어뻥'으로 막힌 변기를 뚫는 소리 같았다(하지만 차마 아스트리드에게 그 말을 할 수가 없었다).

보아하니 안탈루시아에서 가장 못된 짓은 남의 스마트 가방을 허락 없이 쓰는 행동임이 분명했다.

프레드는 옆에서 신 나게 싸움 구경을 했다.

"형이 스마 가방으로 장난을 쳤대요. 스마 가방이 형 엉덩이를 깨물 거래요!"

프레드는 좋아라 하며 계속 그렇게 외쳐 댔다.

그러다 느닷없이 싸움이 끝났다. 은하계에 다시 평화가 찾아왔다. 해리가 두 가지 약속을 한 덕분

이었다. 하나는 두 번 다시 스마트 가방을 쓰지 않겠다는 것. 또 하나는 여자 아이를 간식 먹으라고 집으로 초대하겠다는 것.

해리는 데려올 사람이 조시밖에 없다고 생각했다. 마음 같아서는 새라 화이트하우스를 데려오고 싶었다. 새라 화이트하우스는 머리카락이 노랗고, 반에서 달리기를 가장 잘하는 아이였다. 하지만 조시가 입주 유학생에 대해 잘 이해해 줄 것 같았다. 적어도 입주 유학생을 별나게 생각하지는 않을 테니까. 게다가 해리는 새라 앞에서는 조금 수줍음을 탔다.

"좋아, 갈게."

집으로 오라는 부탁을 받고 조시가 대답했다. 그러고는 먹고 있던 포테이토칩 봉지 아랫부분을 물끄러미 보며 물었다.

"그런데 왜 하필 나를 초대하는 거야?"

해리는 침을 꿀꺽 삼켰다.

"어, 사실 아스트리드 누나를 위해서야. 우리 집 입주 유학생 말이야. 누나가…… 너하고 얘기하고 싶대."

"너희 집 입주 유학생?"

조시는 입을 비죽거렸다.

"글쎄, 다른 집의 입주 유학생하고 할 얘기가 있을지 모르겠다."

해리는 '사람 잘못 골랐네. 차라리 새라한테 부탁할걸.' 하고 후회했지만 이미 엎지른 물이었다. 해리는 오즈와 루크에게로 갔다.

오즈가 물었다.

"둘이 무슨 얘기 했어?"

"조시 펠프스한테 간식 먹으러 우리 집에 가자고 했어."

"뭐?"

"뭐라고?"

오즈와 루크가 차례로 말했다.

"조시 펠프스한테 간식 먹으러 우리 집에 가자고 했다고."

"왜?"

"무엇 때문에?"

오즈와 루크가 다시 차례로 말했다.

"조시는 여자 애니까."

오즈와 루크는 서로를 말똥말똥 바라보았다.

"그래서?"

"그런데?"

해리는 한숨을 쉬었다.

"그 얘기는 이제 그만 하자."

13

조시가 온다니 아스트리드는 가슴이 설레었다.

"조시, 조시, 조시."

아스트리드는 이름을 외우려고 계속 중얼댔다.

그리고 간식거리를 만든답시고 설쳐 대는 바람에 부엌이 우당탕 쿵쾅 난리도 아니었다.

아스트리드는 머릿속으로 계속 뭘 물어볼까 생각했다. '여자 애들이 남자 애들보다 공중에 더 잘 뜨니?'라든지 '여자 애들이 남자 애들보다 양배추를 더 좋아하니?' 같은 질문들을 생각하고 있었다.

해리는 불안했다. 하지만 계속 자기 자신한테 불안해할 필요 없다고 말했다.

'조시는 그냥 와서 아스트리드 누나의 바보 같은 물음에 대답하고, 간식을 실컷 먹고 돌아가면 그만이야. 잘못될 일이 뭐가 있겠어?'

첫 번째로 잘못된 일은 아스트리드의 머리였다. 평소에 아스트리드는 머리가 등까지 찰랑찰랑 길게 내려왔다. 그런데 조시가 오기 직전, 해리는 부엌에 들어가 보고는 화들짝 놀랐다. 부엌에 아스트리드가 서 있는데, 머리카락이 거대한 민들레 홀씨 모양으로 밖으로 쭉쭉 뻗쳐 있었다.

해리가 소리쳤다.

"아스트리드 누나! 무슨 일 있었어요?"

아스트리드는 어마어마하게 큰 공 모양의 머리를 툭툭 치며 대꾸했다.

"멋지지? 안탈루시아 사람들은 특별한 행사가 있으면 늘 머리를 이렇게 해."

그러고는 프레드를 보며 물었다.

"프레드, 마음에 들지? 그렇지?"

프레드는 고개를 끄덕였다. 그리고 밝은 목소리

로 말했다.

"머리가 뚱뚱해! 부…… 부……."

그때 초인종이 울렸다.

해리가 소리쳤다.

"내가 나갈게요!"

"아니야, 아니야, 내가 열어 줄 테야!"

아스트리드가 호들갑을 떨며 말했다. 그러고는 현관문으로 걸어갔다.

조시의 눈길이 아스트리드에게 향했을 때, 조시의 얼굴은 그림처럼 굳어졌다.

거대한 둥근 머리를 뒤따라 부엌으로 가면서 조시가 해리에게 속삭여 물었다.

“저 언니는 늘 저런 모습이니?”

해리는 힘없이 머리를 가로저었다.

“저 언니는 외계에서 온 사람 같아.”

해리는 힘없이 머리를 끄덕였다.

조시, 해리, 프레드, 아스트리드가 있는 데다 아스트리드의 머리까지 거대해서 부엌이 비좁아 보였다. 그래도 다들 자리를 잡고 앉았다.

아스트리드는 다진 고기와 양파와 감자를 이겨서 구운 파이를 꺼냈다. 그리고 파이를 식히려고 식탁에 올려놓았다.

아스트리드가 눈을 초롱초롱 뜨고는 말했다.

"좋아, 조시! 난 너한테 여자 애들에 관한 이야기를 듣고 싶어."

조시는 눈을 껌뻑거렸다.

"여자 애들이오?"

"그래, 여자 애들! 맨 먼저 네가 어떤 아이인지 알고 싶어. 넌 바보 같니, 아니면 잘난 척하니?"

조시는 숨이 턱 막혔다.

"바보 같냐고요? 잘난 척하냐고요?"

아스트리드가 고개를 끄덕였다.

"여자 애들은 누구든 그 둘 중 하나야. 해리가 그렇게 말해 줬어."

이번에는 해리가 숨이 턱 막혔다.

"내가 언제……."

해리는 입을 떼다 그만두었다. 학교에서 단체로 자연사 박물관을 관람하고 온 끔찍했던 날, 그런

비슷한 얘기를 한 듯도 했기 때문이다.

“그런 뜻으로 한 말은 아니었어요. 누나가 그런 식으로 말하면…….”

해리는 우물우물하며 말을 끝맺지 못했다. 조시의 눈길이 따가웠다. 조시가 도끼눈을 뜨고 해리를 째려보았다.

드디어 조시가 입을 열었다.

“해리 헨더슨! 어떻게 감히…….”

하지만 금세 입을 닫았다. 다시 숨이 턱 막혔기 때문이다. 열린 문 틈새로 스마트 가방이 쓰윽 들어오고 있었다.

조시가 새된 소리로 물었다.

“저게 뭐야?”

해리가 어깨를 으쓱하며 대답했다.

“아, 그냥 가방이야.”

프레드가 까불거리는 목소리로 말했다.

"스마 가방이야! 조심해. 잘못하면 누나 엉덩이 깨물어!"

갑자기 스마트 가방이 재빠르게 바닥을 가로질러 움직였다. 조시를 향해 똑바로. 조시는 목이 터져라 비명을 내질렀다. 그리고 마치 쇠붙이로 된

커다란 쥐를 피하기라도 하듯 허겁지겁 식탁 위로 기어올랐다.

그러고는 모든 일이 동시에 일어났다. 식탁이 옆으로 기우뚱했고, 아스트리드는 식탁에서 떨어지는 조시를 붙잡았다. 그리고 해리는 쓰러지는 식탁

을 붙잡았지만 떨어지는 파이를 붙잡을 사람은 아무도 없었다.

철버덕!

네 사람은 엉망진창이 된 부엌 바닥을 물끄러미 바라보았다.

해리가 말했다.

"아, 이런!"

정말 끔찍했다. 손님이 누구든 간식이 없어지면 끔찍한 일일 것이다. 하지만 손님이 조시라면 이건 정말 지독한 재앙이다.

아스트리드가 밝은 목소리로 말했다.

"괜찮아. 신경 쓰지 마. 파이는 없어도 돼. 파이보다 더 맛있는 게 있으니까."

간식거리 얘기가 나오자, 조시는 정신이 좀 드는 것 같았다. 조시의 두 눈이 또록또록 빛났다.

조시가 기대 섞인 목소리로 물었다.

“뭔데요?”

아스트리드는 생긋 웃었다.

“말린 바나나가 엄청 많아. 그리고…….”

아스트리드는 의기양양하게 두 팔을 앞으로 쭉 뻗으며 말했다.

“순무도!”

아스트리드가 말했다.

"어째 조시가 오래 있지 않고 금방 가 버렸네."

해리가 손목시계를 보며 말했다.

"8분 정도."

"실망이다. 조시한테 양배추 얘기는 미처 꺼내지도 못했는데……."

아스트리드는 어질러진 파이를 치우려고 한쪽 무릎을 꿇고 앉았다. 아스트리드의 머리가 풀리기 시작했다. 해리는 행주를 들고 와서 아스트리드를 도왔다.

해리가 다진 고기를 훔치며 말했다.

"실망하지 마요."

아스트리드는 한숨을 지었다.

"실망하지 말라고?"

"네, 내가 딴 여자 애를 데려올게요. 새라 화이트하우스라는 애한테 말해 볼 거예요."

14

목요일 저녁이었다. 아스트리드는 말린 바나나를 먹고 있었고, 프레드는 〈메리 포핀스〉(마법을 부리는 보모 '메리 포핀스'가 주인공인 동화를 영화로 만든 작품 : 옮긴이) 비디오를 보고 있었다. 그리고 해리는 우주 그림을 열심히 그리고 있었다. 토성처럼 띠가 있는 행성과 달이 세 개 있는 행성을 하나씩 그렸다.

해리는 고개를 들어 메리 포핀스가 아이들 방을 치우려고 손으로 딱 소리를 내는 장면을 보았다.

'그래, 저렇게 할 수 있으면 참 좋겠다. 마법을 부리는 보모가 있으면 참 재미있을 거야. 하지만 꿈 깨자.'

해리는 그런 생각을 하면서 씩 웃었다.

'나하고 프레드가 〈메리 포핀스〉에 나오는 멍청한 애들보다 훨씬 낫지.'

그 아이들한테는 마법을 부리는 보모가 있을지

모르지만, 해리와 프레드한테는 우주에서 온 입주 유학생이 있었다!

메리 포핀스가 노래를 부르고 있었다.

"슈퍼캘리프래질리스틱엑스피얼리도셔스!"

해리는 고개를 돌려 아스트리드를 바라보았다. 아스트리드는 한 손에 리모컨을 들고, 다른 손에는 말린 바나나 한 조각을 든 채 소파에 등을 기대고 앉아 있었다. 긴 머리카락이 등까지 찰랑찰랑 내려왔다.

해리는 다시 그림으로 눈길을 돌렸다. 행성을 또 어떻게 그릴지 좋은 생각이 떠오르지 않아 우주선을 그리기 시작했다. 이름 모를 곳을 향해 빠르게 날아가는, 은빛이 도는 초록색 우주선이었다. 그 다음 해리는 짙은 파란색으로 배경을 칠하고, 노란

색 점을 점점이 찍어 별을 그렸다.

해리는 소파에 몸을 파묻고 자기가 완성한 그림을 가만히 들여다보았다. 잘 그렸다. 하지만 잘못된 게 있었다. 그림이 아니라 해리 자신이 문제였다. 해리는 이상하게 그다지 기분이 좋지 않았다. 당연히 기분이 좋아야 하는데도 말이다.

그런대로 괜찮은 한 달이었다. 집이 무너질 뻔한 것을 막았고, 로드 비버를 혼내 줬다. 그리고 화요일에 새라 화이트하우스가 간식을 먹으러 집에 오기로 했다.

그런데 기분이 왜 이렇지? 해리는 눈길을 텔레비전으로 돌렸다가 다시 그림을 보았다. 그 순간 깨달았다.

‘저 영화에서 메리 포핀스는 마지막에 아이들을 두고 떠나. 그렇지? 그런데 가만, 내가 그린 은하로 쏜살같이 날아가는 우주선이 꼭 아스트리드 누나가 타고 온 비시엘(BCL)—22처럼 생겼잖아.’

해리는 가슴이 철렁 내려앉았다. 바로 그거였다! 해리는 아스트리드가 곧 떠나 버릴 것 같은 느낌이 자꾸 들었다. 어쩌면 새라가 간식을 먹으러 다녀간 뒤 곧바로 떠날지도 몰랐다. 아스트리드가 필요한 자료를 다 얻었다며 이제 떠날 때가 되었다고 말하지 말라는 법도 없었다. 갑자기 해리는 궁금해졌다.

“아스트리드 누나.”

“응?”

“누나는 곧 갈 거예요? 그러니까 집으로 말이에요. 누나네 행성으로 돌아갈 거예요?”

아스트리드는 고개를 끄덕였다.

“응, 그래야 할 거야. 한 바퀴 돌 동안만 머물 것

같아."

"한 바퀴 돌 동안?"

해리는 아스트리드를 멍하니 쳐다보았다.

"그래, 너도 알잖아. 지구가 한 바퀴 도는 것 말이야."

"아! 하루요?"

해리는 숨이 턱 막혔다.

"겨우 하루요?"

"아니, 하루가 아니야. 다른 것 있잖아. 계절의

변화가 생기게 하는 것.”

해리는 심장이 팔딱 뛰었다.

“일 년요?”

아스트리드는 고개를 끄덕였다.

“맞아. 프레드가 나한테 추운 때에 대해 말해 줬어. 눈사람을 만들고, 다른 사람의 등에 눈을 던지는 때 말이야. 또 더운 때에 대해서도 얘기해 줬어. 조심하지 않으면 살갗이 빨갛게 타고, 공원 수영장에서 물짱구(물장구)를 치며 노는 때 말이야.”

옆에 있던 프레드가 까불거리며 말했다.

“페드는 바지 입고 물짱구쳐.”

아스트리드가 해리를 보고 물었다.

“네 생각은 어때?”

“나요?”

해리는 가슴이 콩닥콩닥 뛰었다.

“내 생각에는, 그러면 아주 멋질 것 같아요! 멋

져요! 그러니까 내 말은…… 여기에는 누나가 재미나게 볼 것들이 아주 많아요."

해리와 아스트리드의 녹색 눈이 서로 마주쳤다.

"그리고, 그리고 누나가 당장 떠나지 않아서 정말 좋아요!"

아스트리드는 해리를 보며 생긋 웃었다.

"나도 좋아, 해리. 나도……."

연구실에서

젠 교수는 한 학생이 보낸 보고서를 보고 있었다. 프로젝트 492번이었다. 젠 교수는 잔뜩 기대를 하며 몸을 앞으로 숙였다.

'흠, 아스트리드가 지구에서 보낸 첫 번째 보고서가 들어왔군.'

젠 교수는 곧 축구와 콜라와 자전거와 우습기 짝이 없는 바지와 옥수수를 먹을 때 꽂는 꼬챙이가 있는 이상한 세계에 빠져 들었다.

몇 분 뒤 젠 교수는 잠깐 멈추어 '부엌' 부분을

찾아 되돌아갔다. 거기에는 그림이 한 장 있었다. 쇠붙이로 된 물건인데, 나비 모양의 손잡이가 있었다. 교수는 데이터 판독기를 클릭했다. 콘솔에 불빛이 번쩍번쩍하더니, 어린아이의 낭랑한 목소리가 연구실에 울려 퍼졌다. 몇백 광년의 거리를 건너 온 말이었다. 젠 교수는 얼굴을 찡그리며 그 말을 따라 했다.

"꽁 깡똥 따는 데 쓰는 거."

꽁 깡똥 따는데 쓰는 거

옮긴이의 말

이 책의 주인공은 지구에서 500광년 떨어진 행성에서 온 아스트리드라는 아가씨예요. 아스트리드는 해리네 집에 '입주 유학생'으로 들어가게 되지요. 입주 유학생이라는 말이 낯설지요? 입주 유학생은 외국어를 그대로 써서 '오페어(au pair)'라고도 해요. 다른 나라의 가정집에 들어가 돈을 조금 받고 집안일을 거들면서 그 나라 말을 배우는 학생을 가리키는 말이에요. 우리나라에서는 좀처럼 보기 힘들지만, 유럽이나 미국에서는 가끔 볼 수 있답니다. 아스트리드는 지구의 평범한 가정을 연구하기 위해 엄마와 아들 둘이 사는 해리네 집에 입주 유학생으로 온 거예요.

이 책은 1999년에 영국 스마티즈 은상을 타기도 했는데, 외계에서 온 아가씨와 지구의 아이들이 벌이는 흥미진진한 사건들로 가득하지요. 그 가운데서도 이 책만의 독특한 재미는 우주에서 온 아스트리드의 생뚱맞은 행동이겠지요? 우리한테는 익숙한 많은 것들이지만 아스트리드의 눈에는 얼마나 신기해 보이겠어요? 축구도, 사과도, 바나나도 없는 외계에서 왔으니 말이에요.

이 책을 읽다 보면 입가에 저절로 웃음이 떠오르게 되지요. 친구와 함께 재미있게 읽으면서 어린이 여러분도 유쾌한 상상에 빠져 보세요.

김영선